RECUEIL

DE

POÉSIES DIVERSES

PAR

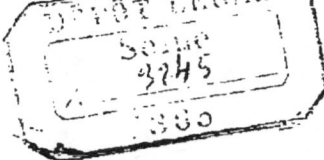

PETIT

Ouvrier Tailleur de pierres.

4, rue des Dames, aux Ternes.

PARIS

IMPRIMERIE PRISSETTE, PASSAGE KUSZNER, 17.

MAISON PASSAGE DU CAIRE, 17.

1865

POÉSIES DIVERSES

PARIS

1865

POÉSIES DIVERSES.

Ma lyre reste muette et ma muse s'endort
A défaut de savoir bien la mettre d'accord.
Pour la faire vibrer l'instruction me manque,
Puis il me manque encor quelques billets de banque.

DISCOURS AUX JEUNES GENS

SUR LE MÉRITE DES FEMMES.

O vous qu'à cet âge où l'on sort de l'enfance,
Honorez la vertu, respectez l'innocence ;
Libres, sachez user de votre liberté ;
Ce qui n'appartient pas doit être respecté.
Le trop de liberté souvent devient funeste.
Il faut savoir jouir de ce présent céleste,
De ce don précieux gardez-vous d'abuser,
L'on a des passions qui nous faut mépriser.
De l'homme vertueux écoutez le langage,
Soyez justes, prudents, laborieux et sages ;
Soyez ami sincère et brave citoyen,
Pour trouver le bonheur voilà le vrai moyen.
Rejetez loin de vous une perfide amorce ;
Usez de votre droit, jamais de votre force.
Respectez le beau sexe en tous lieux en tous temps ;
Si vous êtes aimés soyez amants constants,
Plaignez le triste sort de l'humble créature
Pour nous assujettie aux lois de la nature ;
Pour jouir du présent pensez à l'avenir ;
Il faut savoir aimer sans jamais se haïr.
C'est nos mères et sœurs, nos compagnes fidèles,
Et tout le genre humain ne serait rien sans elles.
Admirez leur beauté, leur douceur, leurs appas,
Et surtout respectez ce qui n'appartient pas.

C.

Mais l'homme au lieu d'avoir égard à sa faiblesse,
Cherche qu'à la tromper et rit de sa tristesse.
Souvent pour obtenir ses plus douces faveurs
Lui fait de beaux discours, lui dit mille douceurs;
Mais si par un beau jour l'amour le favorise,
S'il obtient ses faveurs alors il la méprise.
Permettez, mes amis, de vous dire en passant,
Pourquoi la condamner en vous applaudissant;
N'êtes-vous pas tous deux de la même nature,
Vous êtes vicieux, peut elle rester pure;
En tout lieu, en tout temps, dans chaque nation,
L'on doit avoir la femme en vénération.
N'est-ce pas dans son sein que l'homme a pris naissance.
Que de peines et de maux lui coûte son enfance;
Elle veille sur lui la nuit comme le jour,
Sans quitter un moment le fruit de son amour,
Le berce dans ses bras par une douce ivresse,
Le fait rire et danser, l'embrasse et le caresse,
Le nourrit de son lait, sur son sein il s'endort,
C'est son bonheur, sa vie et son plus cher trésor.
Si malgré tous ces soins la mort vient le surprendre,
Que de larmes et de pleurs sa mère va répandre!
Ah! pourquoi tant pleurer, calmez votre chagrin,
Vos pleurs et vos soupirs ne serviront de rien;
Puisque grands et petits nous ne venons au monde
Que pour mourir un jour sur la terre ou sur l'onde;
L'on a rien de certain sur le triste avenir,
Sinon que tôt ou tard il nous faudra mourir.
Point de privilégié, le fou comme le sage,
Laisse à ses descendants la mort pour héritage.
Puisqu'il en est ainsi pourquoi nous étonner,
A quoi nous servira de tant vous chagriner.

Lorsque l'on est uni par un amour sincère
C'est le plus grand bonheur que l'on a sur la terre;
Mais cet objet chéri, cette douce moitié,
Par son mari souvent est traitée sans pitié;
Au nom de votre mère, au nom de la nature,
Ne la maltraitez pas, la pauvre créature,

Respectez sa faiblesse, et pour votre bonheur
Gardez-vous de troubler le repos de son cœur;
Qu'importe votre rang, vous seriez bien infâme,
Votre premier berceau fut le sein d'une femme.

D'un véritable ami je serais fort avare,
Le nom est très-commun, mais la chose est si rare,
Que dans les divers rangs de la société
Le titre d'un ami ne peut être acheté.
Difficile à trouver encor plus à connaître
Le nom sacré d'ami cache souvent un traître;
On a bien des amis dans la prospérité
Qui vous tournent le dos dans votre adversité.
Le meilleur des parents, l'ami le plus sincère,
C'est une tendre épouse et une tendre mère.

DISCOURS SUR LA MORT D'UN ENFANT.

Vois-tu, faible mortel, quelle est ton existence,
Tu nais dans la faiblesse et meurs dans la souffrance?
Pourquoi tant d'ambition, d'orgueil, de vanité,
Tu n'es pas ici-bas pour une éternité.
Le riche courtisan, ni le puissant monarque,
Ne sont pas épargnés des ciseaux de la Parque.
Regarde cet enfant qui gît en son berceau.
Il n'a fait que passer et descendre au tombeau;
La mort frappe à tout âge et n'épargne personne,
Et frappe sans égard, l'enfant, l'adulte et l'homme,
Le riche, l'indigent, le roi, ni le berger,
L'impitoyable mort n'a rien à ménager;
Semblable au moissonneur qui de sa faulx tranchante
Moissonne sans égard l'herbe et la fleur naissante;
Semblable à cette fleur qu'une main va cueillir,
Ainsi le jeune enfant que la mort va ravir

Sans égard pour les pleurs de son père et sa mère
Qui sont au désespoir dans leur douleur amère,
Sans s'étonner, hélas! de leur grand désespoir,
Elle est sourde à leurs cris, elle fait son devoir.
A quoi sert de pleurer, trop faible créature,
Il faut se résigner aux lois de la nature.
Pourquoi tant de chagrin puisqu'il faut tous mourir.
Moins nous vivons longtemps moins nous devons souffrir;
Vous savez qu'ici bas la vie est un passage
Et que de vivre longtemps n'est pas un avantage.
Tâchons donc d'employer nos moments de loisir,
Sans dissiper la vie sachons donc en jouir;
Que la philosophie guide notre existence;
Faisant tout pour le mieux vivons en espérance,
Goûtons quand nous pourrons, des douceurs de la vie,
Au bonheur du prochain ne portons pas envie.
Puisque la vie enfin ne peut toujours durer,
Lorsque la mort viendra partons sans murmurer.

AVIS AUX OUVRIERS.

Air : *Si le bon Dieu faisait parler les fleurs.*

D'un ouvrier au fond de son village
Si vous vouliez bien écouter les chants :
Dieu, nous dit-on, nous fit à son image,
Ah! pourquoi donc qu'il nous fit si méchants,
Pourquoi courir tant après la fortune,
Quand nous vivons, hélas! si peu de temps.
D'aller ensemble à la fosse commune
Et vivre en paix l'on serait plus content.

Grands et petits, enfants du même père,
Ah! pourqoi donc être si peu d'accord.
A quoi vous sert d'accaparer la terre,
En seriez-vous plus riches après la mort;
Contentez vous de votre nécessaire,
Ambitieux à quoi vous servira
Vos superflus enfante la misère,
Prévenez-la ou l'on vous maudira.

Jésus disait qu'il fallait vivre en frère,
Ecoutez-le si vous êtes chrétiens ;
A secourir le pauvre en sa misère,
C'est vos devoirs; vous tous théologiens.
Bien loin de vous, ah ! rejetez le vice,
A vos devoirs soyez plus assidus,
Sans trop tonner pratiquez la justice
Et vos sermons seront mieux entendus.

Que l'on serait tous heureux sur la terre
Si l'on savait comprendre son devoir,
Chacun de nous aurait son nécessaire.
De ce beau jour nous en avons l'espoir.
Dieu tout-puissant qui voit notre misère
Du haut des cieux daigne nous secourir;
Jette sur nous un regard salutaire,
Tous tes enfants alors vont te bénir.

LE PROGRÈS.

Mes amis, au siècle où nous sommes,
Il nous faut marcher au progrès;
Nous devons être tous des hommes,
Quittons le passé sans regrets,
Laissons le champ de la victoire
Pour courir au champ de l'amour,
Et mettons toute notre gloire
A nous procurer ce beau jour.

Plus d'ennemis, plus de frontières,
Plus de nobles et de roturiers,
Nous devons être tous frères,
Laissons croître en paix les lauriers;
N'ayons tous qu'une bannière,
Pour devise la fraternité,
L'on serait tous heureux sur la terre
Sous les lois de l'humanité.

Plus de tyrans, plus d'esclavage,
Plus de vaincus, plus de vainqueurs,
Alors la parole du sage
Germerait dans tous les cœurs,
La sainte philosophie
Gouvernerait le monde entier,
Et l'on honorerait Marie
Et son fils le bon charpentier.

Mais quoi, j'entends les fanfares,
C'est la Pologne aux abois,
Qui sous le joug des barbares
Meurt pour défendre ses droits.
Pour leur juste indépendance,
Accourez, braves guerriers,
Et les enfants de la France
Cueilleront de beaux lauriers.

LE PAPILLON.

FABLE.

Un jeune papillon était dans la prairie,
Ébloui de l'éclat de ses vives couleurs,
Enivré de bonheur, d'orgueil et de folie,
Comparait sa beauté aux plus belles des fleurs;
Rien ne peut, disait-il, dans toute la nature,
Égaler la beauté de ma riche parure.
Les rois, les empereurs, n'ont rien de plus brillant,
Je suis un vrai bijou, un vrai petit diamant.
Voyez l'or et l'azur qui brillent sur mes ailes,
Où pourrait-on trouver des couleurs aussi belles?
Rivalisant Zéphyr parmi ses belles fleurs,
Savourant leurs nectars, respirant leurs odeurs,
Non, non, rien de pareil, disait-il en lui-même,
Mes couleurs effacent celles du diadème;
Enfin, de quel côté que je tourne mes pas
Pour chercher mon égal je ne le trouve pas;
La mouche et le frélon, la guêpe ni l'abeille,
A mes vives couleurs n'ont rien qui soit pareil.
Une abeille en passant voyant mon freluquet,
Voulut sans se gêner abattre son caquet:
Est-ce à toi que tu dois cette riche parure,
Et ne devrais-tu pas remercier la nature;
Pourquoi te tant vanter de tes charmants atours
Qui n'existeront plus ni toi dans quelques jours,
Pense donc qu'aujourd'hui si ta parure brille
Tu n'étais autrefois qu'une affreuse chenille:
Il faut être insensé de tant t'enorgueillir,
Pense donc au passé et même à l'avenir;
Tu fus bien peu de chose et chacun le sait bien,
Peut-être dans deux jours tu ne seras plus rien.

Leçon à l'ouvrier pour lui faire connaître son devoir quand parfois il peut devenir maitre.

1.

LE RÉVEIL DE L'ITALIE.

Réveillez-vous, peuples de l'Italie,
Ralliez-vous, serrez bien tous vos rangs,
Garibaldi va sauver la patrie
Et délivrer son pays des tyrans.

Il a quitté le lieu de sa naissance,
Il va braver la mort et le danger,
Il va combattre pour votre indépendance,
Il va mourir s'il ne peut vous venger.

Serrez vos rangs, que votre cri de guerre
Soit par vous tous sans rancune adopté.
Garibaldi tu seras notre frère;
Vive Emmanuel, vive la liberté!

Bons Italiens, que l'amour vous rallie
Sous l'étendard de la fraternité.
Ah! pour sauver votre belle patrie,
Que la vertu guide la liberté.

Si vous pouvez accomplir votre tâche.
Rappelez vous, si vous êtes vainqueurs,
De vous venger ce serait être lâche,
A pardonner mettez votre bonheur.

INVOCATION.

Un certain jour non loin de ma chaumière,
Préoccupé à mes rudes travaux,
Triste et pensif je m'assis sur ma pierre
Les bras croisés pour oublier mes maux.

Or, m'adressant à Dieu, notre bon père,
Lui demandant que pour me soulager
Il m'envoyât son génie tutélaire,
Le bon génie du bon vieux Béranger.

Dieu me répond : Ta demande est honnête ;
Mais, mon enfant, il n'y faut pas songer.
Je veux garder au royaume céleste,
Le bon génie du bon vieux Béranger.

Mais j'enverrai quelqu'autre bon génie
Pour éclairer tous ces pauvres mortels,
Pour démasquer la noire hypocrisie,
Qu'on voit partout jusqu'aux pieds des autels.

N'écoutez pas la voix de la discorde,
Grands et petits vous êtes mes enfants ;
Faites régner la paix et la concorde ;
Plus entre vous d'esclaves et de tyrans.

LA VIE EST UN PASSAGE.

Air : *Pour rigoler montons à la barrière.*

Le mot religion
N'est plus qu'une chimère,
Et c'est l'ambition
Qui règne sur la terre ;
Peuple, riche et clergé,
Quel sera le plus sage ;
Tout sera corrigé
La vie n'est qu'un passage.

Vous tous, plats courtisans,
Flânant près d'un monarque,
Vous n'êtes pas exempts
Des ciseaux de la Parque,
Quand le moment viendra
Vous frémirez de rage ;
Mais la mort répondra
La vie est un passage.

Vous, banquiers et rentiers,
Et vous, gros propriétaires,
Entre vos héritiers
Vous partagez vos terres,
Ils ne jouiront pas
Longtemps de l'héritage,
Car pour tous, ici bas,
La vie est un passage.

Voyez près des autels,
Bigots et fanatiques,
Qui traitent les mortels
D'impies et d'hérétiques ;

Pour faire leur devoir
Ils n'ont pas le courage;
Malgré tout leur pouvoir,
La vie est un passage.

Vous, indignes pochards,
Qui vous grisez sans cesse,
Espions et mouchards,
Croupis dans la paresse,
Prendre un meilleur chemin
Serait votre avantage;
Pensez à mon refrain
La vie est un passage.

Vous, lâches oppresseurs,
Mauraviers et confrères,
Vous flétrissez nos sœurs,
Vous égorgez nos frères.
Satan pour vous punir
Redoublera de rage,
Pensez à l'avenir;
La vie est un passage.

Intrépides guerriers,
Illustres capitaines,
Pour cueillir des lauriers
Vous forgez bien des chaînes;
Quand pour vous enrichir
Mettant tout au pillage,
Vous devez réfléchir;
La vie est un passage.

Vous, braves ouvriers,
Que l'amour vous unisse,
Et dans tous les chantiers
Pratiquez la justice;
Soyez tons mieux d'accord,
Car c'est votre avantage,
Pour passer l'autre bord;
La vie est un passage.

2

Aux hommes du pouvoir
Ne portons pas envie,
A faire notre devoir
Consacrons notre vie,
Pour qu'au jour de la mort
On dise avec courage :
Sans crainte et sans remords
La vie est un passage.

Moi je voudrais chanter
Jusqu'à ma dernière heure,
Pourquoi m'épouvanter
Puisqu'il faut que je meurs ;
Lorsque du sombre bord
Je verrai le rivage,
Je chanterai encor
La vie n'est qu'un passage.

L'ARGENT

Air : *C'est le vin, le vin,* etc.

Oui l'argent, l'argent, l'argent,
Fait les hommes au siècle où nous sommes,
Malheur au pauvre indigent
Quand il n'a pas d'argent.

Lorsque nous venons sur la terre,
Le prêtre, homme très-obligeant,
Mais pour nous baptiser, ce bon père,
Il faut lui donner de l'argent.
Et pour la femme sage,
Qu'a-t-elle d'encourageant,
Pour nous prendre au passage
Ce n'est que pour de l'argent.

Oui, l'argent, etc.

Le berger comme le monarque,
Sont venus au monde tout nus,
Et pour le ciseau de la Parque
Pauvres et riches sont inconnus.
    Que fait la différence
    Du riche à l'indigent,
    Ailleurs tout comme en France,
    C'est toujours de l'argent.

Oui, l'argent, etc.

Si l'on nous donne une nourrice,
Les parents sont très-exigeants;
Elle fera plus d'un sacrifice
Très-souvent pour bien peu d'argent.
    Au diable l'avarice,
    Payez plus largement;
    Cette pauvre nourrice
    N'a pour tout agrément,

Que l'argent, etc.

Lorsque les enfants vont en classe
Les maîtres sont très-tolérants,
Ils passent plus d'une grimace
Quand on a de riches parents;
    Mais l'enfant pauvre et sage,
    Instruit par charité,
    Malgré son doux langage
    Est souvent rebuté.

Oui, l'argent, etc.

Quand il vient, la fleur du bel âge,
Pour parler de se marier,
C'est toujours le même tripotage,
L'argent qui fait tout rallier.
    Garçon et jeune fille,
    Ce n'est pas encourageant
    Pour se mettre en famille
    Quand on n'a pas d'argent.

Oui, l'argent, etc.

Enfin, pour vivre sur la terre,
C'est la fortune qui fait tout,
Sans argent on fait pauvre chair
Et l'on est méprisé partout.
    L'homme prudent et sage,
    Laborieux, obligeant,
    En ville comme au village
    Que peut-il sans argent.

Oui, l'argent, etc.

L'argent, c'est la boîte à Pandore,
Qui nous a coûté tant de maux,
L'ambition qui toujours dévore
Et conduit souvent au tombeau.
    Tout se vend sur la terre
    Pour avoir de l'argent,
    Excepté la misère
    Qui reste à l'indigent.

Oui, l'argent, etc.

L'argent fait marier les filles
Et fait canoniser les saints,
Construire et démolir les villes
Et fait faire bien des assassins;
    Il fait faire la guerre,
    Le riche et l'indigent;
    Que de maux sur la terre
    Pour avoir de l'argent.

Oui, l'argent, etc.

A force de vivre de la sorte,
L'on est fatigué de souffrir,
La mort vient frapper à la porte
Faut se décider de partir;
    Alors plus de ressource,
    Notre curé, ma foi,
    Va vider notre bourse
    Pour la dernière fois.

Oui, l'argent, etc.

Quand on est dans son dernier gîte,
Qu'on a fait la procession,
L'on ne nous tient pas encore quittes
Sans le droit de mutation;
 Et pour messe ou service
 Et des *De Profundis*,
 Pour que Dieu nous bénisse
 Dans son saint paradis.

Oui, l'argent, etc.

L'ambition n'est qu'une folie,
Ne serait-on pas plus heureux
Si l'on passait gaiment sa vie
Sans être tant ambitieux.
 À quoi sert la fortune
 Sinon pour s'en servir,
 Partons donc sans rancune
 Puisqu'il faut tous mourir.

Oui, l'argent, etc.

MES ADIEUX.

Air : *De la rose des champs.*

Adieu voisins, adieu voisines,
Je viens vous faire mes adieux,
Adieu cousins, adieu cousines,
Adieu, pays de mes aïeux,
Adieu, séjour de mon enfance
Où j'éprouvai tant de revers,
Malgré toute mon inconstance
Je te consacre quelques vers.

Adieu donc, mon petit village,
Puisque je m'en vais le quitter,
Adieu charmant petit rivage
Tu ne m'entendras plus chanter;
Adieu, foyer, adieu, chaumière,
Où je fus bercé nuit et jour
Dans les bras de ma bonne mère;
Adieu peut-être pour toujours.

Adieu, clocher de ma commune
Sous lequel je fus baptisé,
Que de revers et d'infortune,
J'en ai, hélas! le cœur brisé.
Je vais donc quitter ma patrie
Où sont morts mes pauvres parents,
Mes enfants et ma douce amie;
J'en ai des chagrins dévorants.

Telle qu'une fleur qui vient de naître
Et qu'une nymphe va cueillir,
Mes enfants n'ont fait que paraître;
Leur printemps les a vu mourir;
Enfin, pour calmer ma tristesse,
Il me reste mon Amélie,
C'est mon seul bâton de vieillesse
Si Dieu veut conserver sa vie.

Allons, partons, fille chérie,
Allons rejoindre ton époux;
Puissiez-vous passer votre vie,
Être bien plus heureux que nous;
Soyez laborieux, mais honnêtes,
Pratiquez la fraternité
A l'exemple de vos ancêtres,
Vous serez toujours respectés.

CONSEILS A TOUS.

Air connu.

Venez écouter mes chansons,
　　Esprits forts et futiles,
Je vais vous donner des leçons
　　Qui vous seront utiles ;
Mais il faut y faire attention,
La faridondaine, la faridondon,
Écoutez bien ce qu'on vous dit
　　　　Biribi,
　　A la façon de barbari
　　　　Mon ami.

AVIS AUX JEUNES FILLES.

Jeunes filles de quinze à vingt ans
　　Vous êtes fort amoureuses,
N'écoutez pas trop de vos amants
　　Les paroles flatteuses,
Défiez-vous de leurs bonnes raisons,
La faridondaine, la faridondon,
Ne croyez pas tout ce qu'on vous dit
　　　　Biribi, etc.

Si vous savez leur résister,
On vous fait bien des promesses,
Si vous vous laissez attraper,
　　On rit de vos tristesses ;
On vous regarde comme des torchons.
La faridondaine, la faridondon,
　　Si la bourse n'est pas bien garnie,
　　　　Biribi,
　　A la façon de barbari
　　　　Mon ami.

AUX FILLES RICHES.

Il faut y faire bien attention,
Fillettes belles et riches,
Vous trouverez bien des occasions
Pour vous faire des niches ;
Défiez-vous de ces polissons,
La faridondaine, la faridondon,
Ils ne cherchent que leur profit,
Biribi, etc.

AUX FILLES PAUVRES.

Aux pauvres filles qui n'ont rien
L'humanité ordonne
De ne pas les priver du seul bien
Que la nature leur donne ;
Soyez prudents avec elles, garçons,
La faridondaine, la faridondon,
N'agissez pas en étourdis
Biribi, etc.

AUX FEMMES MARIÉES.

Femmes, si vous avez des amants,
Il faut y mettre des bornes ;
Ne prenez pas pour agrément
De faire porter les cornes ;
Crainte d'leur donner mal au front,
La faridondaine, la faridondon,
Soyez fidèles à vos maris,
Biribi, etc.

AUX MARIS.

Maris, tenez mieux vos serments,
A vos chères épouses,
Évitez les désagréments
D'avoir femmes jalouses,

Car c'est le diable à la maison,
La faridondaine, là faridondon,
Soyez sages ou du moins sans bruit,
Biribi, etc.

AUX VEUFS ET AUX VEUVES.

Veufs, et vous veuves, pour votre bien,
Ne pensez plus au vice;
Mais entre vous vous ferez bien
De vous rendre service,
Quelquefois par compassion,
La faridondaine, la faridondon,
Votre bon cœur sera béni,
Biribi, etc.

AUX CÉLIBATAIRES DES DEUX SEXES.

Vous n'avez pas trop d'agrément,
Pauvres célibataires,
Entr'aidez-vous mutuellement,
Vous ne pouvez mieux faire ;
Mais de Satan craignez le chaudron,
La faridondaine, la faridondon,
Laissez les femmes à leurs maris,
Biribi, etc.

Écoutez, bien jeunes garçons,
Ce que je vais vous dire :
Quand vous ferez quelques façons
Gardez-vous d'en rien dire,
Car vous en seriez les dindons,
La faridondaine, la faridondon,
Vous perdriez près d'elles vos crédits,
Biribi,
A la façon de barbari,
Mon ami.

2.

LES OUVRIERS DE LA CREUSE.

AIR : *Pour rigoler, montons.*

L'on a fait des chansons
De toutes les manières,
Des filles, des garçons,
Des guerriers, des bergères.
Pour ne pas répéter
Une chose ennuyeuse,
Moi je veux vous chanter
Les ouvriers de la Creuse.

Quand il vient, le printemps,
Ils quittent leurs chaumières,
Adieu, amis, parents,
Enfants, pères et mères,
  Quel grand désespoir
Pour la femme vertueuse,
En disant au revoir
Aux ouvriers de la Creuse.

Les voilà donc partis
Pour faire leur campagne ;
Ils s'en vont à Paris,
En Bourgogne, en Champagne,
Lyon, Bordeaux, même ailleurs ;
Ils ont la main calleuse,
Se sont des travailleurs,
Les ouvriers de la Creuse.

Quand ils vont arriver,
S'ils trouvent de l'ouvrage,
Se mettent à travailler
Avec un grand courage,

Sans trop s'épouvanter
D'une vie laborieuse;
L'on devrait respecter
Les ouvriers de la Creuse.

Que ces chemins de fer
Qui traversent la France,
Ont coûté de revers,
De maux et de souffrances;
Ces ponts et ces canaux,
De la Saône à la Meuse
Ont coûté bien des maux
Aux ouvriers de la Creuse.

Ces fortifications
Dans toutes ces villes de guerre,
Ces forts et ces bastions
Qui bordent nos frontières,
De tous ces vieux châteaux
La tournure audacieuse;
Beaucoup sont des travaux
Des ouvriers de la Creuse.

Voyez le Panthéon,
Voyez les Tuileries,
Le Louvre et l'Odéon,
Le Palais de l'Industrie;
De ces beaux monuments
La France est orgueilleuse;
On doit ces agréments
Aux ouvriers de la Creuse.

Malgré leur dur labeur,
En travaillant ils chantent,
Ils ont la joie au cœur
Et l'âme bien contente;
La dernière saison
Est pour eux bien flatteuse
Pour revoir leur maison
Au pays de la Creuse.

Les travaux vont finir
En novembre et décembre,
On les voit réunir
Pour s'en aller ensemble,
Vous voyez ces enfants
La figure joyeuse,
Pour revoir leurs parents
Au pays de la Creuse.

Enfin, pendant l'hiver,
C'est leurs belles journées,
Ils vont se promener,
Voir leurs bien-aimées;
Dans ces tristes saisons
Les filles sont heureuses,
D'avoir dans leurs maisons
Les Garçons de la Creuse.

L'auteur de la chanson
Ce n'est pas un poète,
C'est un vieux compagnon
Buvant sa chopinette,
Toujours gai, bien content,
Trouvant sa vie heureuse,
Et se vante gaîment
D'être ouvrier de la Creuse.

LES OUVRIERS.

Air : *O hé, les petits agneaux.*

O hé, les ouvriers,
Que dans chaque classe
Et dans tous les chantiers
La lumière se fasse;
La fraternité
Doit être à tous notre devise,
Que partout l'on dise
Vivent les ouvriers!

Sans nous tous, ces rentiers
Que pourraient-ils faire?
Usuriers et banquiers,
Prêtres et notaires,
Ces beaux bâtiments,
Ces autels et ces beaux parterres,
Les sauraient-ils faire,
Non, mille fois non,
O hé, les ouvriers, etc.

Soldats et généraux
Qui cherchez la gloire,
Que de sang et de maux
Coûte la victoire;
Moi j'aime bien mieux
Rester auprès de mon amie,
Et passer ma vie
Toujours sans chagrin,
O hé, les ouvriers, etc.

Les titres et les grandeurs
N' sont que des bêtises;
De tous ces gaspilleurs
Je ris de leurs sottises,
Quand en travaillant

Gaîment chantant ma chansonnette
Et ma journée faite
Je dis mon refrain,

O hé, les ouvriers, etc.

Si la fraternité,
Régnait sur la terre,
L'amour, la liberté,
Dieu! quelle bonne affaire;
Ce beau paradis
Qu'Ève perdit pour une pomme
Sans savoir trop comme,
Nous y serions tous.

O hé, les ouvriers, etc.

Accourons nous ranger
Sous la même bannière,
Il n'est plus d'étranger
Tous les peuples sont frères;
Serrons-nous la main
Jusqu'à demain,
Restons ensemble
Chantons que tout en tremble
Mon joyeux refrain,

O hé, les ouvriers, etc.

Si les frelons, d'accord
Avec les abeilles,
Travaillaient tous d'accord
On ferait des merveilles;
Tous viendraient joyeux
S'asseoir au banquet de la vie;
Alors plus d'envie,
L'on serait tous heureux.

O hé, les ouvriers,
Que dans chaque classe
Et dans tous les chantiers, etc.

LES MERVEILLES DE LA NATURE, ou le NOUVEAU LANLA

AIR du *Lanla*.

Ma chanson peut, Messieurs, vous égayer à table,
C'est une gaudriole honnête et véritable.
    Je vais chanter la nature
    De toute l'antiquité,
    Ce n'est pas une imposture,
    C'est la simple vérité.
C'est un lanla, lanlarirette,
C'est un lanla lanlarira.

    Messieurs, il ne faut pas rire,
    Jeunes et vieux, grands et petits,
    Vous savez que la tirelire
    D'où nous sommes sortis,
C'est un lanla, etc.

    Vous tous, riches de la terre,
    Rois, princes et courtisans,
    Vous venez de la manière
    Que les pauvres paysans,
Par un lanla, etc.

    Menant une vie austère,
    On a vu tous ces grands saints;
    Pour descendre sur la terre
    Quel fut leur premier chemin.
C'est un lanla, etc.

    Si de la belle Cythère
    La beauté fut tant vantée,
    Elle n'aurait pas sur la terre
    Été si bien respectée
Sans son lanla, etc.

    Les dames dans nos grand's villes
    Croyent se faire remarquer,

Ont d'énormes crinolines;
C'est pour mieux faire éventer
Leur lanla, etc.

Que de choses sur la terre
Se font par ces instruments;
On a vu faire la guerre,
Détruire des gouvernements
Pour un lanla, etc.

Si Judith par son adresse
Sut vaincre un fameux guerrier,
C'est qu'elle lui fit la promesse
Qu'il aurait son amitié
Et son lanla, etc.

Voltaire et tous ces grands hommes,
Les papes et tous les prélats,
Anciens, au siècle où nous sommes,
Sont venus par ci, par là,
Par des lanla, etc.

Puisque tout ce qu'on respire
Vient de la même façon;
Gardez vous bien d'en médire
Et de rire de ma chanson,
Et du lanla, etc.

Vous qui, d'un pareil langage,
Paraissez être offensés,
Quelle est la première image
Que vous ayez embrassée,
C'est un lanla, lanlarirette,
C'est un lanla lanlarira.

LES MARIS A LA MODE.

AIR : *A Paris près de Pantin.*

Dans la ville de Paris
On trouve bien des maris,
   A la mode,
Qui sont coiffés d'un chapeau
Qui ne gâte pas la peau,
   Très-commode;
Dans les riches et les ouvriers
On trouve des chapeliers
   En cachette
Sans aller au magasin
Qui coiffent leur cher voisin.
D'un chapeau qui lui va bien,
   Comprenez-vous bien,
Cornette, cornette, cornette.

Dans un petit logement
Une femme et son amant
   Vont ensemble
En l'absence du mari,
Elle a plus d'un favori,
   Ce me semble;
Tous les hommes lui sont bons
Pourvu qu'elle ait des bonbons,
   La pauvrette,
Et quand vient son cher époux,
Elle lui fait les yeux doux
Et lui dit mon p'tit loulou,
   Et dit en dessous,
Cornette, cornette, cornette.

Pourtant le pauvre cocu
A la fin a reconnu
   Sa bévue;
Il a voulu trop parler,
Mais on l'a fait détaler

Dans la rue ;
A présent en liberté,
Pour faire la charité
Toujours prête,
Et si l'époux revenait,
Mes amis, vous comprenez,
Lui fermant le cabinet,
On lui dit tout net :
Cornette, cornette, cornette.

Jeunes gens à marier,
Avant de vous sacrifier
Au ménage,
Soyez tous bien convaincus
Que vous pourrez être cocus,
C'est d'usage,
Et si parfois le voisin
Visite le magasin
De la poulette,
N'allez pas crier si fort,
Par ma foi vous auriez tort,
Car des maris c'est le sort;
On crierait bien fort :
Cornette, cornette, cornette.

PRENEZ UNE FEMME.

Air : *La bonne aventure ô gué,*

L'on se gouverne ici bas
Chacun à sa manière,
Quand à moi je n'aime pas
Le célibataire,
Voir tant de femmes souffrir
Quand on peut les secourir;
Prenez une femme,
O gué,
Prenez une femme.

Lorsque on a vingt-cinq ans
    Et femme jolie,
L'on passe d'heureux instants
    Près de son amie;
Quand on s'aime tendrement,
Pour tous deux quel agrément;
    Prenez une femme,
      O gué,
    Prenez une femme.

A trente ans on aime encore,
    Une tendre épouse;
Mais souvent elle n'a pas tort
    Quand elle est jalouse.
Laissez la jeune beauté
Pour un autre de côté.
    Aimez votre femme,
      O gué,
    Aimez votre femme.

Quand on vient à quarante ans,
    Auprès d'une femme
L'on est encor bien content
    D'éteindre sa flamme;
Une maîtresse, dit-on,
A bien mieux l'air du bon ton;
    J'aime mieux la femme,
      O gué,
    J'aime mieux la femme.

A cinquante ans l'on est vieux
    Mais l'on est plus sage,
Et l'on aime encor bien mieux
    Que dans son jeune âge;
Quand on aime avec raison,
L'amour n'a pas de saison
    Pour l'homme et la femme,
      O gué,
    Pour l'homme et la femme.

Quand on vient encor plus vieux
Et qu'on est malade;
Une femme soigne mieux;
Crois-moi, camarade,
Lorsque l'on est bien unis
L'hymen est un paradis
Pour l'homme et la femme,
O gué,
Pour l'homme et la femme.

Enfin, quand on voit venir
La décrépitude,
Je préférerais mourir
Que la solitude,
Rester tout seul dans un coin,
On dit c'est un vieux sagouin,
Prenez une femme,
O gué,
Prenez une femme.

LA MANSARDE.

Mes amis, plus de chagrin,
Chassons l'humeur noire,
Quand nous n'avons pas de vin
De l'eau il faut boire;
Travaillant à qui mieux mieux,
Gagnons pour quand on est vieux;
Conservons la poire,
N'allons pas trop boire.

En travaillant chaque jour
Au Bois de Boulogne,
J'admirais ce beau séjour
Faisant ma besogne,
A l'ombre sous ses ormeaux
J'entends chanter les oiseaux;
Travaillant sans cesse,
Narguant la tristesse.

Vive l'amour et le vin
  Et la philosophie,
L'ambition et le chagrin
  Ne sont que folie;
Ne s'épouvanter de rien,
Prendre son temps comme il vient,
  Voilà la manière
  D'être heureux sur terre.

Enfin, me voilà logé
  Dans une mansarde,
Je m'y suis emménagé
  D'une humeur gaillarde;
Les moineaux et les pinsons
Sur mon toit chant'nt des chansons.
  Ah! que j'aime entendre
  Un p'tit air si tendre.

Si je voyage en ballon
  J'aurai l'avantage
De trouver ma p'tite maison
  Au premier étage;
Ce serait plaisant, ma foi,
De rentrer par dessus les toits,
  Priant la portière
  D'ouvrir la tabatière.

Seul dans mon simple réduit,
  Je dors à mon aise;
Pour tout meuble j'ai mon lit,
  Ma table et ma chaise,
Ma cuvette et pot à l'eau,
Habit, cravate et chapeau,
  Une blouse blanche
  Pour mettre le dimanche.

J'ai des livres, du papier,
  Pour lire et écrire,
Mes outils pour travailler
  Savent me suffire;

Point de luxe en ma maison,
　Et je crois avoir raison.
　J'ai mon nécessaire,
　Voilà mon affaire.

S'il vient à faire mauvais temps
　Je reste tranquille,
Je passe assez bien mon temps
　Sans me faire de bile;
Dans mon petit logement,
A lire et chanter gaiment
　Je passe ma vie
　Sans mélancolie.

Que je meurs jeune ou vieux,
　Je m'en soucie guère;
Mon âme appartient à Dieu,
　Mon corps à la terre,
Et sur ma succession
Nul n'a de prétention
Que ma fille et mon gendre;
Il sauront bien s'entendre.

La vie dure si peu de temps,
　Ce n'est qu'un passage;
Pour en jouir, mes enfants,
　Il faut être sage;
A passer sa vie gaiment
On trouve de l'agrément,
　La mélancolie
　N'est qu'une folie.

Diogène dans un tonneau
　A passé sa vie,
Socrate pour un château
　Mourut sans envie,
Et moi, pauvre ouvrier,
Je loge dans un grenier
　Au cinquième étage;
Je fais mon tripotage.

COMME ON PASSE LA VIE

Je vais chanter aujourd'hui,
Un peu pour me distraire
Et chasser bien loin l'ennui
Qui m'est toujours contraire;
Le travail et la gaîté
Font ma force et ma santé;
   Travailler gaîment
   Voilà l'agrément
Des ouvriers sur la terre.

Chacun son goût, sa manie,
Pour passer dans le monde
En voyage on passe sa vie
Sur la terre et sur l'onde;
On va voyager sur mer,
En ballon, en chemin de fer;
   Chacun à son tour
   Fait son petit tour
D'ici dans l'autre monde.

Si l'on a tant d'maux, enfin,
La chose est très-commune;
Chacun par divers chemins
Court après la fortune;
L'on aurait plus d'agrément
A passer sa vie gaîment;
   L'amour et le vin
   Banniss'nt le chagrin;
Mais il faut être sage.

L'ouvrier, pour gagner son pain,
Doit travailler sans cesse,
Pour chasser d'chez lui la faim
Il faut chasser la paresse;

Ne jamais perdre son temps
Pour boire quand il fait beau temps,
　　Prendre ces plaisirs
　　Aux jours de loisirs
　Et narguer la tristesse.

　Quand il veut se marier
　Il doit être bien sage,
　Ne pas se contrarier
　Dans son petit ménage;
　Car si l'on a un moutard
　Il pourrait déjeuner tard.
　　S'aimer tendrement
　　Voilà l'agrément
　Pour vivre en bon ménage.

　Du berceau jusqu'au cercueil
　Que l'on a de misère;
　L'on trouve plus d'un écueil
　Pour passer sur la terre,
　Et quand vient le dernier jour
　On va voir le dernier séjour;
　　Petit à petit
　　L'on prend son parti
　Pour passer l'autre rive.

　Puisque tout passe à son tour,
　Bien fou qui s'en étonne;
Chantons et buvons tour à tour
　Du bon vin de la tonne;
　Moi, je voudrais être rond
Pour passer la barque à Caron;
　　Voyageant gaîment
　　J'aurai l'agrément
　Pour passer l'autre rive.

AIMONS-NOUS.

AIR : *En vérité l'on saurait bien des choses.*

Pour nous aimer Dieu nous mit sur la terre,
C'est un devoir, aimons-nous donc alors,
Aimons-nous d'une amitié sincère,
Dieu bénira nos généreux transports.
Obéissons aux lois de la nature
En remplissant nos devoirs les plus doux;
Aimez-moi donc, aimable créature.
Aimons-nous donc, ma voisine, aimons-nous.

Ah! pourquoi donc nous haïr sur la terre,
Pourquoi manquer au plus saint des devoirs;
D'abord, enfant, l'on doit aimer sa mère,
Puis ses parents et de tout son pouvoir;
On doit aimer jusqu'à la sépulture ;
Dieu qui nous crie : c'est un bonheur si doux,
Aimez-vous donc, ah! je vous en conjure.
Aimons-nous donc, ma voisine, aimons-nous.

N'entends-tu pas là-bas, dans ces bocages,
Le chant joyeux de ces petits oiseaux,
Qui se répètent en leurs charmants langages,
Aimons-nous donc, de s'aimer c'est si beau.
Le tourtereau près de sa tourterelle
Lui répétant de l'accent le plus doux;
Ma bien-aimée, sois-moi toujours fidèle.
Aimons-nous donc, ma voisine, aimons-nous.

Le tigre et l'ours, la hyène et la panthère,
Tout veut goûter du plaisir de l'amour;
Que serions-nous sans l'amour sur la terre,
L'on ne pourrait y goûter un beau jour?

Aimons-nous donc comme ont fait nos ancêtres.
Si c'est péché, c'est un péché si doux,
Puisque c'est lui qui nous a tous fait naître.
Aimons-nous donc, ma voisine, aimons-nous.

Aimons-nous donc, mon aimable brunette,
De Béranger imitons les amours;
Oui, si tu veux, tu seras ma Lisette,
Nous goûterons ensemble de beaux jours.
Du haut des cieux, Dieu, notre commun père,
Nous répétant de l'accent le plus doux :
Mes chers enfants, pour être heureux sur terre,
Aimez-vous bien, mes enfants, aimez-vous.

LE LIMOUSINENT DE LA CREUSE.

AIR : *Des Canotiers de la Seine.*

Vrais enfants de la Creuse,
Joyeux Limousinent,
Trouvant ma vie heureuse,
A la passer gaîment
Sans me faire de bile
Je fais mon métier,
Me trouvant tranquille
Parfois plus qu'un rentier,
O hé, ô hé,
Les enfants de la Creuse,
O hé, ô hé,
Vivent les ouvriers.
Mes amis travaillant gaîment
Le travail c'est notre richesse,
Travaillons tant qu'il fait beau temps,
Et Soyons toujours contents.

Qu'importe la richesse,
Mon travail me suffit,

Et jamais la paresse
Me fait rester au lit.
Toujours du courage,
Quand j'ai la santé,
Du cœur à l'ouvrage
Ranime ma gaîté.

    O hé, ô hé, etc.

Quand il vient, le dimanche,
Au lieu de dérailler
On prend sa blouse blanche
Pour aller travailler;
  La journée finie
  On va s'amuser,
  Voir sa bonne amie
  Ou bien se reposer

    O hé, ô hé, etc.

La fin du mois s'approche
Et samedi au soir
L'on garnira sa poche,
Et l'on ira s'asseoir
Tous à la guinguette;
C'nest pas trop, je crois,
D'se mettre en goguette
Une fois tous les mois.

    O hé, ô hé, etc.

Le lendemain c'est fête,
L'on va se promener;
Le soir à la guinguette
On reviendra dîner;
Entre camarades
Il faut s'amuser,
Mais bien prendre garde
De ne pas se griser.

    O hé, ô hé, etc.

LA PHILOSOPHIE D'UN OUVRIER.

Air de : *L'eau et le vin.*

Nous ne sommes sur la terre
Que de pauvres passagers,
Exposés à la misère,
A mille et mille dangers,
Au malheur, à la souffrance ;
Vivons donc en espérance
D'être plus heureux un jour.
Vive la philosophie
Pour passer gaîment la vie
Où chacun passe à son tour,

Ainsi, pourquoi dans la vie
Avoir tant d'ambition,
N'est-ce pas une folie,
Une lâche passion ;
L'on devrait tous vivre en frères.
Quand on a son nécessaire,
A quoi sert le superflu,
Et le pauvre en sa chaumière
Est à son heure dernière
Aussi riche qu'un Crésus.

Je suis natif de la Creuse,
Fils de pauvres paysans ;
Ma vie ne fut pas heureuse
Comme on sait jusqu'à présent ;
Mais je veux être plus sage,
Je veux rester au village ;
Là, jusqu'à mon dernier jour,
Moins ambitieux que Christophe,
Comme un bon vieux philosophe
Je vivrai au jour le jour.

Je préfère à la charrue
Voir le bon laboureur,
Que de voir dans la rue
L'inutile promeneur ;

Le faucheur dans sa prairie
Me plait mieux qu'aux Tuileries
Un bourgeois et son lorgnon,
Car voilà la différence :
L'un produit, l'autre dépense;
Jugez donc si j'ai raison.

Au bruit de la capitale
Je préfère mon hameau,
Et la terre végétale
Au luxe d'un beau château.
Que j'aime à voir la bergère
Folàtrer sur la fougère
En gardant son blanc troupeau;
Le dimanche au bal champêtre
J'aime à danser sous les hêtres
Au doux son du chalumeau.

Que j'aime à voir la fauvette
Voltiger dans les buissons,
Et la charmante alouette
Chanter ses jolies chansons;
Du rossignol au bocage
On entend le doux ramage,
Nuit et jour, matin et soir;
L'amant près de sa maîtresse
L'embrassant avec tendresse
Oublierait tous ses devoirs.

A l'ombre sous ces feuillages
Tout le long des clairs ruisseaux,
Admirant ces beaux paysages,
Vallons, montagnes et côteaux,
Les jardins et les prairies
Parsemées d'herbes fleuries.
En admirant ces couleurs,
Le penseur, dans ses voyages,
S'arrête sous ces ombrages
Pour respirer leurs odeurs.

Cher pays de mon enfance
Je désire encor te voir,
Tu calmeras ma souffrance,
Et remplissant mon devoir
J'irai prier sur la pierre
Qui renferme la poussière
Des chers auteurs de mes jours
Et de celle qui me fut chère;
Dieu entendra ma prière,
Nous unira pour toujours.

LE MARTEAU.

FABLE.

Une barre de fer gémit sous les marteaux
A grand coups répétés par de forts maréchaux.
Elle soupire en vain, mais sans daigner l'entendre
On frappe encore plus fort pour finir de l'étendre.
D'être ainsi mutilée cette barre de fer
Se croyait condamnée aux peines de l'enfer;
Sans écouter ses cris on frappe sans relâche,
On la torture, enfin elle accomplit sa tâche.
Après bien des tourments, des peines et des maux,
Elle fut transformée elle-même en marteaux;
Mais après tant de maux, de peine et de misère,
Au lieu de sympathie et d'égards pour sa mère,
Celui qui sous les coups faisait des cris si forts
Frappe dessus le fer avec tous ses efforts,
Sans écouter ses plaintes et ses cris lamentable;
Il connaît son supplice, il en est plus coupable,
Et sans se rappeler des maux qu'il a soufferts
Il est sourd à la voix de la barre de fer.

LE MÉRITE DES OUVRIERS.

Air : *Quand l'astre qui brille,*

Que le prolétaire sur terre a de maux,
Tous les jours pour faire ses rudes travaux ;
Dans sa pauvreté du monde on l'appelle la lie ;
Il est maltraité par la fière aristocratie.
Riches de la terre, ne le méprisez pas,   } bis.
Vous ne sauriez faire sans lui vos repas.

Dans la capitale on voit chaque jour
L'ouvrier qui détale dès le point du jour ;
Dans chaque métier à l'atelier on se rallie,
L'on est pas rentier, on va gagner sa pauvre vie.
Riches de la terre ne le méprisez pas,   } bis.
Vous ne sauriez faire sans lui vos repas.

Riches propriétaires, banquiers et rentiers,
Que pourriez-vous faire sans les ouvriers;
Sans les laboureurs qui vous procurent l'abondance,
Sans les ouvriers que servirait votre opulence.
Riches de la terre. ne le méprisez pas,   } bis.
Vous ne sauriez faire sans lui vos repas.

Ces beaux édifices, ces riches cités,
Ces belles bâtisses de tous les côtés,
Ces beaux monuments, ces autels, ces beaux parterres,
Pour votre agrément sont l'ouvrage des prolétaires.
Riches de la terre, ne le méprisez pas,   } bis.
Sans le prolétaire vous ne les auriez pas.

Tous tant que nous sommes tendons les mains,
Soyons tous des hommes, soyons tous humains ;
Tous, grands et petits, l'un à l'autre peut être utile,
Laissons les partis qui ne servent qu'aux plus habiles.
Riches et prolétaires, le faible et le fort,   } bis.
Par toute la terre soyons tous d'accord.

UNION FRATERNELLE

ou

Devoir réciproque de toutes les classes de la Société.

Air de Béranger à l'Académie.

Mes bons amis, il faut que je vous dise
Une raison pour vous mettre d'accord.
L'humanité fut toujours ma devise.
Sans m'étonner du parti du plus fort ;
Écoutez-moi, je suis ami sincère
Et ne veux pas vous induire en erreur,
Soyez humains et par toute la terre
L'humanité vous portera bonheur.　　*(bis.)*

De vos coteries qu'importe la patrie,
Ne sont-ils pas des hommes comme vous ;
Chacun travaille c'est pour gagner sa vie,
Et le tombeau est notre rendez vous.
Tous les états aux hommes nécessaires
Sont tous égaux devant l'humanité.
Jésus disait qu'il fallait vivre en frères.
Pratiquons donc cette fraternité.　　*(bis.)*

Bons ouvriers qu'aux cinq parties du monde,
De tous états et de tous les pays,
Soyons unis sur la terre et sur l'onde,
Que l'on n'ait plus à craindre d'ennemis ;
Vos peines alors seraient bien moins amères
Si l'on était ensemble tous d'accord ;
Par tous pays l'on trouverait des frères,
L'on jouirait tous d'un bien meilleur sort.　　*(bis.)*

Nobles, clergé, et toi, peuple bondrille,
Et vous, bourgeois, tendons-nous la main,
Nous formerons cette grande famille
Que l'on pourra nommer le genre humain ;

L'on serait bien plus heureux sur terre
Si l'on n'avait pas tant d'ambition :
L'on n'aurait plus à craindre la misère,
Ni les procès ni les révolutions.   *(bis.)*

Par tous pays finirait l'esclavage ;
Satan alors serait bien enchaîné,
Il aurait beau grincer les dents de rage,
Pour tous les temps il serait condamné.
La liberté et la philosophie
Marchant d'accord avec l'humanité,
L'on jouirait du bonheur de la vie
Sous l'étendard de la fraternité.   *(bis.)*

LISETTE.

Air : *Filez, ô ma nacelle!*

L'autre jour Lisette,
Jeune bergerette,
Jouait sur l'herbette
Avec son amant,
Dans ces verts bocages,
Sous ces frais ombrages,
Faisait sans tapage
Un petit jeu charmant.

REFRAIN.

Dansez, chantez,
Bergers et bergères,
Accourez tous sous ces ormeaux,
Sous ces ormeaux,
Venez danser sur les fougères,
Profitez du temps tant qu'il fait beau,
Tant qu'il fait beau.
Ah! quel beau temps que le printemps,
Accourez, bergères
Sous l'ormeau du hameau,
Dieu! qu'il y fait beau.

Aimable jeunesse,
Folâtrez sans cesse,
Mais point de faiblesse,
Assurez vos pas ;
Surtout soyez sages,
Point d'amants volages,
Et sur ces feuillages
Ne vous blessez pas.

    Dansez, chantez, etc.

La blonde Sylvie
Est jeune et jolie,
Cette jeune fille
Sut gagner mon cœur ;
Mais la douce Annette
Est si gentillette,
Qu'un jour la pauvrette
Fera mon bonheur.

    Dansez, chantez, etc,

Défiez-vous, bergères,
Têtes trop légères,
Des belles prières
Et discours flatteurs ;
Fuyez le langage
D'un amant volage ;
Car dans ce jeune âge
Ils sont si trompeurs.

    Dansez, chantez, etc.

Enfin, soyez sages,
Filles des villages ;
Des soirs au bocage
Fuyez le malheur ;
L'amour qui vous guette
Aux jeux d'amourette,
Pourrait en cachette
Flétrir votre honneur.

    Dansez, chantez, etc.

AVIS AUX GARÇONS ET AUX FILLES.

Air connu.

Garçon et fillette,
Venez pour écouter
Ma petite chansonnette
Que je vais vous chanter;
Goûtez bien la morale
De ma p'tite chanson,
Voilà qui est bon, bon, bon.
Ah! voilà la vie jolie, suivie,
Oui voilà la vie
Que les bons garçons font,
Voilà qui est bon, bon, bon,
Voilà qui est bon, bon, bon.

Quand vous serez à table,
A boire, bien chanter,
Ce nectar délectable
Pourrait vous entêter;
Gardez-vous d'en trop boire,
Conservez la raison,
Voilà qui est bon, etc.

Jamais la gourmandise
Ne doit vous allécher,
Car c'est une bêtise
Qui vous ferait fâcher;
Prendre son nécessaire
En vidant son flacon,
Voilà qui est bon, etc.

Rien n'est plus dégoûtant
Que de se quereller;

Si l'on n'est pas content
Il vaut mieux s'en aller;
A discuter ensemble
Toujours avec raison,
Voilà qui est bon, etc.

Enfin, garçons et filles,
Soyez tous plus constants,
Pour se mettre en famille
Il ne faut pas longtemps ;
Soyez toujours honnêtes,
Aimez avec raison,
Voilà qui est bon, etc.

Quand vous serez en ménage,
Aimez-vous constamment,
Il faut être bien sage,
Plus d'amante ni d'amant;
Être d'accord ensemble
Toujours à la maison,
Voilà qui est bon, etc.

J'ai bien cinquante-cinq ans,
Mais je puis me vanter
D'avoir passé mon temps
Sans trop m'épouvanter,
Sans donner une tape
Ne reçus un coup de torchon,
Voilà qui est bon, bon, bon.
Ah! voilà la vie, etc.

FIN.

Paris. — Imp. Prissette, pass. Kusmer, 17. — Maison pass. du Caire, 17.

www.ingramcontent.com/pod-product-compliance
Lightning Source LLC
Chambersburg PA
CBHW072257210626
46818CB00017B/1406